La chambre des chats

Martha Freeman
Illustrations de Marie-Noëlle Pichard

La chambre des chats

RAGEOT

Traduction d'Elizabeth Barfety.

ISBN 978-2-7002-3313-1
ISSN 1951-5758

© 2000 by Martha Freeman.
Première publication originale
sous le titre *The trouble with cats*
par Holiday House, Inc, New York, États-Unis.

© RAGEOT-ÉDITEUR – PARIS, 2007, pour la version française.
Loi n° 49-956 du 16-07-1949 sur les publications
destinées à la jeunesse.

*Pour Simon, Schuster, Smoke et Intrepid,
quatre chats dans un petit appartement
qui ont été une grande source d'inspiration.
Et pour la vraie Angela,
qui n'a peur de rien.*

Ma nouvelle chambre

William a quatre chats et chacun d'eux a une façon bien à lui d'être pénible.

Max passe son temps à s'enfuir.

Jules se cache sans arrêt.

Sam mange les chaussettes.

Et Bob a le chic pour se trouver pile à l'endroit où il dérange.

Pourquoi a-t-il fallu que maman épouse William ? Pourquoi a-t-il fallu que nous habitions chez lui ? Et pourquoi, pourquoi a-t-il fallu qu'il ait quatre chats ?

Je n'en aime aucun, et ils me le rendent bien.

La veille de la rentrée, les quatre chats de William ont dormi dans ma chambre, qui est minuscule.

Max était installé devant ma porte.

Jules sous mon lit.

Sam dans le tiroir à sous-vêtements de ma commode que j'avais laissé entrouvert.

Et j'ai dû me battre avec Bob pour avoir droit à un bout de couette.

Au beau milieu de la nuit, les chats se sont réveillés. Ils m'ont enjambée avec autant d'indifférence que si j'étais une bosse sur le matelas et ont agité leur queue sous mon nez en miaulant.

Je suis allée dans la salle de bain et, quand je suis revenue, Bob était assis au creux de mon oreiller et il se nettoyait le museau. Je l'ai poussé par terre et je me suis recouchée mais, à ce moment-là, il était trop tard pour me rendormir, j'étais complètement réveillée.

J'ai commencé à m'inquiéter pour mon premier jour d'école. Et si la maîtresse était sévère ? Et si les autres enfants étaient méchants ? Et s'ils me trouvaient bizarre ? Et si le toboggan était trop haut et me faisait peur ?

J'aimais bien mon ancienne école et mes anciens amis, surtout Melissa. Et j'aimais bien le petit toboggan de la cour de récré.

Bob a de nouveau sauté sur le lit. Cette fois, je ne l'ai pas repoussé.

Ma mère et mon père se sont séparés quand j'avais quatre ans. Puis mon père a déménagé à Los Angeles. Je lui rends visite quand il n'a pas trop de travail.

À Los Angeles il y a un musée de la voiture avec une Rolls-Royce en or, et aussi des tas de stars de la télé.

Mais je préfère San Francisco, c'est là que je vis avec maman.

San Francisco, c'est la plus belle ville du monde. L'eau étincelle sous l'immense pont qui marque la limite entre la baie et l'océan. Les gratte-ciel côtoient de vieilles maisons très jolies. Les collines sont si raides qu'on arrive tout essoufflé au sommet.

Et il y a des tas de gens incroyables, qui ont du rouge à lèvres noir, des piercings aux sourcils, des cheveux violets. C'est aussi à San Francisco qu'on trouve les meilleurs marchands de glaces et de chocolats, et des restaurants chinois délicieux.

Parfois il y a du brouillard, mais d'après William ça donne un air mystérieux à la ville.

Dans la journée, William est un vieil avocat sérieux et ennuyeux. Le soir, quand il rentre du travail, il écrit des histoires qu'il range dans un meuble à côté des gamelles pour les chats, dans la buanderie. Une fois, j'ai commencé à lire une de ses histoires, mais les mots étaient trop longs et ça ne voulait rien dire.

Maman et William se sont mariés cet été à la mairie de San Francisco. Sans gâteau ni fleurs, et pire, sans demoiselle d'honneur !

J'ai quand même eu droit à une nouvelle robe qu'on a choisie dans un catalogue. Mais quand je l'ai enfilée, elle était trop grande et on aurait dit que je m'étais habillée avec la nappe de ma grand-mère.

Petit-déjeuner mouvementé

Le matin de la rentrée, une de mes chaussettes avait disparu. J'ai mis l'autre et j'ai sauté à cloche-pied jusqu'à la cuisine. Maman préparait mon petit-déjeuner préféré : du pain perdu.

– Non, je n'ai pas vu ta chaussette, Angela, m'a-t-elle répondu. Peut-être que Sam… ?

Oh, non ! Évidemment, ma chaussette se trouvait dans la gamelle de Sam.

Quand je l'ai enfilée, mes doigts de pied apparaissaient d'un côté et mon talon de l'autre. Je l'ai gardée quand même, car je ne voulais pas être en retard.

– J'espère que ton premier jour d'école va bien se passer ! m'a dit maman quand je me suis installée à table pour le petit-déjeuner.

Mais lorsque j'ai regardé le pain perdu, mon estomac s'est serré.

William a jeté un œil par-dessus son journal, *Les Chroniques de San Francisco*.

– Qu'y a-t-il, Angela ? Tu redoutes la rentrée ? Ne t'inquiète pas, c'est une excellente école, tu vas l'adorer.

William croit qu'il suffit de dire « Tu vas l'adorer » pour que ce soit vrai. Il ne comprend rien aux enfants.

Comme il n'a jamais été marié avant, il n'a pas d'enfants à lui. Et il a quarante-huit ans, quasiment un demi-siècle. Il est à moitié chauve. Je suis sûre qu'il ne se souvient pas d'avoir été jeune.

Maman a posé sa main sur mon épaule.

– Tu veux de la confiture de fraises ?

– Non merci.

Elle avait l'air inquiète, alors pour la rassurer j'ai bu mon lait. Il a gargouillé dans mon ventre.

William devait me déposer à l'école en allant au bureau. Il travaille dans un immeuble en forme de pyramide. Maman, elle, travaille ici, dans l'appartement de William. Elle est comptable.

– Tu es prête, Angela ?

William a attrapé sa mallette, moi mon cartable. Quand William a ouvert la porte d'entrée, Max s'est enfui.

– Attrape-le ! s'est écrié William.

Mais Max avait déjà disparu dans les escaliers. William a couru après lui, et j'ai couru après William. Ça m'était un peu égal que Max se soit échappé, ce qui m'inquiétait c'était d'être en retard le jour de la rentrée.

William a dû monter trois étages pour attraper Max. Quand il est redescendu, il était rouge et essoufflé.

– Vilain chat ! a-t-il dit en tendant Max à maman.

J'ai regardé la tête de Max. Ça lui était égal d'être vilain.

William et ses chats

Avant que maman épouse William, on vivait dans notre maison à nous. Elle était vieille, maman disait qu'elle tombait en ruine, mais ça m'était égal. C'était notre maison.

Maman travaillait en ville toute la journée. J'allais à la G.S. après l'école. G.S., ça veut dire Garderie Scolaire. Melissa, ma meilleure amie, y allait aussi. On chantait des chansons, on jouait dans la cour et on fabriquait des objets avec de la colle et des bâtons d'esquimaux. À l'approche des vacances, on nous donnait même des paillettes. Bon d'accord, c'était un peu bébé, mais j'aimais bien, et puis il y avait Melissa.

Les week-ends, maman et moi on préparait des cookies, on plantait des fleurs, on allait se promener au zoo, ou ramasser des coquillages à la plage.

Tout a changé quand elle a rencontré William. Du jour au lendemain, il s'est mis à ramasser des coquillages avec nous. Parfois, je devais passer mes samedis chez Melissa parce que maman et William avaient besoin de temps tous les deux. Qu'est-ce qu'ils pouvaient bien fabriquer tout ce temps ? Ils se faisaient des bisous ? Moi, en tout cas, je n'arrivais pas à l'imaginer.

J'aime plutôt bien William. N'importe qui peut se rendre compte qu'il essaie d'être gentil avec moi. Et j'essaie de l'être aussi.

Parfois il est drôle. Par exemple, à Pâques, il a porté des oreilles de lapin et il s'est collé une boule de coton sur les fesses pour faire la queue ! Quand il a commencé à bondir, les chats ont paniqué.

William n'avait pas l'air d'être le genre de personne à se marier. Il avait surtout l'air d'aimer les chats. J'ai été très surprise quand maman m'a annoncé la nouvelle.

– Ce sera une bonne chose également pour nous, Angela, m'a-t-elle dit. Nous avons décidé que, dans un premier temps, nous irions tous vivre dans l'appartement de William. Je quitterai l'entreprise et je travaillerai à la maison. Plus de G.S. ! Nous pourrons passer plus de temps ensemble.

Nous avons déménagé après le mariage. Maman a installé son bureau dans ce qui servait de placard à balais. Ma chambre était celle des chats, avant. William a déclaré qu'ils devraient apprendre à partager.

Et moi aussi.

Robin-le-curieux et Thomas-je-sais-tout

La cloche sonnait quand William s'est garé devant l'école.

– Est-ce que tu veux que je t'accompagne jusqu'à ta classe ? m'a-t-il proposé.

– Non ! j'ai répondu, ça ira. Salut.

J'ai claqué la portière et j'ai couru.

Ma salle de classe était la 31. Nous étions venues à l'école le jour de la prérentrée pour la découvrir et rencontrer mon maître, M. Morgan. Il avait l'air sympa. Mais les maîtres ont toujours l'air sympas quand les mamans sont là.

Le crouic crouic de mes baskets a résonné dans le préau vide. Tous les élèves étaient déjà en classe.

Quand je suis entrée dans la salle 31, tout le monde a levé la tête en me regardant fixement. J'aurais voulu m'enfuir, comme Max. Mais où est-ce que j'aurais pu aller ? Et à quoi ça aurait servi ? Max avait été vite rattrapé.

M. Morgan ne m'a pas vue tout de suite, il était en train d'écrire au tableau.

– Comment tu t'appelles ? a demandé un garçon blond.

Un curieux. Son prénom était inscrit sur un carton devant lui : Robin.

– C'est Angela, a dit un autre garçon. Angela, il reste une place libre ici.

Lui, c'était monsieur je-sais-tout. « Thomas » était marqué sur son carton.

– Pourquoi tu es en retard le premier jour ? a voulu savoir Robin-le-curieux. Normalement, personne n'arrive en retard le jour de la rentrée.

Quelques élèves ont rigolé, M. Morgan s'est retourné et m'a vue.

– Ah, te voilà, toi.

Était-ce un reproche ? Je n'arrivais pas à décider. Puis il a souri.

– Tu peux poser tes affaires ici. Ensuite tu iras t'installer à la table « Argent ». Là, tu vois ce carton avec ton prénom ? Je n'ai pas encore fait l'appel. Les enfants, je vous présente Angela Garland.

Tout le monde m'a à nouveau regardée. Tous ces yeux! J'étais terrifiée à l'idée de faire quelque chose de mal.

Mais je suis arrivée jusqu'à ma place sans problème, et M. Morgan a fait l'appel. Puis il a lu les règles à respecter en classe, le règlement de l'école, celui de la cour de récré. Comment les retenir toutes? J'étais sûre que j'allais faire quelque chose de travers. Et sans même le faire exprès.

Le toboggan

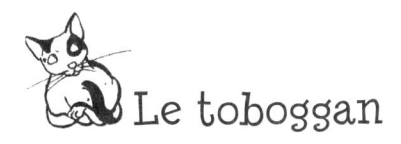

Mon père, qui vit à Los Angeles, s'est marié l'an dernier au cours d'une « escapade » à Hawaï. Ce qui veut dire que je n'ai pas pu être sa demoiselle d'honneur non plus. La nouvelle femme de papa s'appelle Katie. Si vous voulez mon avis, elle n'est pas aussi jolie que maman.

Mon père dit qu'il est important de « vaincre ses peurs ». Cela signifie que si j'ai peur de quelque chose, il m'oblige à le faire quand même.

Quand j'étais en CP, il m'a fait prendre l'avion toute seule. Pas vraiment toute seule, il y avait d'autres passagers bien sûr, et le pilote, et les hôtesses, mais il n'y avait personne de ma famille pour s'occuper de moi.

J'ai eu si peur que j'ai failli vomir les cacahuètes qu'on m'avait données.

Maintenant, je prends tout le temps l'avion seule. Je demande deux sachets de cacahuètes, et j'ai droit à une canette de soda.

Alors, à la récré du matin, j'ai décidé de vaincre ma peur du toboggan. Vu du sol, il n'avait pas l'air si haut que ça. J'ai fait la queue et Robin-le-curieux est venu se mettre dans la file près de moi.

– Pourquoi tu étais en retard ? a-t-il demandé. T'étais malade ou quoi ?

Thomas-je-sais-tout s'est approché à ce moment-là et il a remarqué :

– Il y a un trou dans ta chaussette droite.

Je suis sûre que je suis devenue rouge comme une tomate. Je voulais leur expliquer que j'étais en retard parce que Sam essaie toujours de s'échapper, et que ce n'était pas ma faute s'il mange les chaussettes. Mais mon tour est arrivé avant que je puisse prononcer un mot.

– Dépêche-toi ! a lancé une fille un peu ronde qui faisait la queue derrière moi.

Une fois au sommet de l'échelle, le toboggan était impressionnant. De là, j'apercevais les tours du pont de San Francisco qui se dressaient au-dessus des collines.

J'ai inspiré un grand coup, fermé les yeux avant de pousser sur mes bras… puis de me retenir et de m'arrêter.

– Poule mouillée ! a crié quelqu'un.

J'ai songé rester en haut du toboggan jusqu'à ce que la cloche sonne. Quand tout le monde serait parti, je redescendrais par l'échelle, personne ne me verrait. Mais alors j'arriverais de nouveau en retard en classe.

– Dépêche-toi ! La cloche va sonner !

Finalement, je me moquais de ce qu'ils pensaient. Le toboggan était trop haut. Les autres pouvaient risquer leur vie si ça les amusait. Moi je n'en avais pas envie.

Je suis redescendue par l'échelle.

– Oh la trouillarde !

La récré du matin de ce premier jour finissait à peine et c'était déjà la catastrophe.

Des cookies pour le goûter

Les choses peuvent-elles être pires que catastrophiques ?

La réponse est oui.

Après le déjeuner, pendant la leçon de maths, j'avais envie de dormir. Ce n'était pas étonnant : mon estomac était rempli par l'énorme hamburger de la cantine, et les quatre chats de William m'avaient empêchée de dormir cette nuit. J'ai posé la tête sur ma table.

Ce dont je me souviens ensuite, c'est de M. Morgan qui me secouait l'épaule, et de toute la classe qui riait.

Je n'ai jamais été aussi contente d'entendre la cloche qui annonçait la fin de la journée.

J'ai pris le bus pour rentrer. Kimi, une fille de ma classe, s'est assise à côté de moi. Je n'ai pas osé lui parler et elle non plus. Le bus a démarré en grondant. Sur une pancarte au-dessus du siège du conducteur il était écrit « Silence » et « Chewing-gums interdits ». Pourtant tout le monde criait, riait et certains faisaient même des bulles avec leur chewing-gum.

– Pourquoi tu t'es endormie en classe ? a fini par me demander Kimi.

J'étais contente d'avoir enfin une chance de m'expliquer. Peut-être qu'elle comprendrait que les chats de William m'avaient empêchée de dormir. Et elle au moins ne me trouverait pas bizarre.

– C'est à cause de, euh, à cause de… j'ai commencé.

À cet instant, les freins du bus ont crissé, il s'est arrêté et les portes se sont ouvertes.

– C'est mon arrêt, a-t-elle déclaré. À demain !

L'appartement de William est au troisième étage et l'ascenseur ne fonctionne jamais. J'avais l'impression que mon cartable pesait une tonne quand je suis enfin arrivée à la porte de l'appartement 3C.

Maman m'attendait.

– J'ai préparé des cookies, a-t-elle annoncé. Attention à Max !

Cet imbécile de chat a essayé de se faufiler dans l'entrebâillement, mais j'ai refermé la porte d'entrée à temps.

– Des cookies ? Je croyais que tu avais beaucoup de travail.

J'ai jeté mon cartable sur une chaise.

– C'est pour fêter ton premier jour d'école. Comment ça s'est passé ? a-t-elle lancé.

Je ne voulais pas lui avouer que ma journée avait été pire que catastrophique, alors j'ai demandé :

– Des cookies à quoi ?
– Nature.
– Je préfère ceux au chocolat.

J'avais à peine prononcé ces mots que je les ai regrettés, mais il était trop tard. Il faut dire qu'après tout ce qui s'était passé, je me sentais de mauvaise humeur.

– Ça veut dire que tu n'en prendras pas ? a questionné patiemment maman, d'une voix toujours gentille.

– J'ai des exercices de maths pour demain. Mais je crois que je vais quand même en goûter un ou deux.

Maman a souri, elle a déposé des cookies dans mon assiette, puis elle s'est assise en face de moi.

– Alors, comment c'était ? Les autres enfants sont gentils ?

– Ça va, ils ont l'air sympas.

– Qu'est-ce que tu as mangé à la cantine ? Tu as beaucoup de devoirs ? Tu as joué à la récréation ? Avec qui ? Tu veux du lait ?

Impossible de répondre à autant de questions à la fois.

– C'est du lait chocolaté ?

Ce n'en était pas, mais j'en ai pris un verre.

– Alors ? a insisté maman.

J'ai soupiré.

– C'est une école normale, avec des enfants normaux. Tout est aussi ennuyeux que d'habitude. Il y a juste ce toboggan qui est trop haut. Il a *vraiment* l'air dangereux.

– C'est le seul problème dans cette école ? Le toboggan ? Je suis sûre que tu vas t'y habituer.

Maman a prononcé cette phrase sur le même ton que William quand il m'avait promis : « Tu vas l'adorer. »

– Quand tu auras fini ton goûter, a-t-elle ajouté, tu pourras m'aider à compter les chats ?

– À quoi?
– Je sais que ça a l'air idiot, a-t-elle dit, mais William veut que je compte les chats à chaque fois que l'un d'eux aurait l'occasion de s'enfuir. Aujourd'hui on m'a livré des paquets, et Laura est passée, tu te rappelles de Laura ma cliente qui fait des pizzas aux fruits secs. Tu sais que Max s'enfuit à tout bout de champ. Sans parler de Jules qui disparaît pendant des heures. William ne veut pas les perdre. Ils étaient sa seule famille avant nous.

Compter les chats était une idée complètement stupide. Pour ma part j'aurais aimé qu'ils disparaissent tous.

J'ai gémi :
– Je suis obligée ?
Maman m'a jeté un de ses regards célèbres dans le monde entier et qui signifient : « Ne dis pas de bêtises. »

Cache-cache avec les chats

Si vous voulez mon avis, les chats de William sont très bizarres. Ils sont toujours dans vos jambes sauf quand vous les cherchez. Dans ce cas-là, on ne les trouve nulle part.

Voilà pourquoi une demi-heure plus tard, je rampais toujours désespérément dans l'appartement sans en avoir découvert un seul.

– Tu as une piste? m'a lancé maman qui s'était assise sur le canapé.

– Je croyais que j'étais juste censée t'aider, mais toi tu ne cherches même pas.

Je suis montée sur le canapé pour vérifier en haut de la bibliothèque. Pas l'ombre d'un chat…

– Mon travail est de comptabiliser les chats que tu trouves, m'a expliqué maman, et de remplir le tableau sur le réfrigérateur.

Son travail n'avait pas l'air trop difficile et je m'apprêtais à le lui dire quand j'ai regardé sous mon lit. Deux yeux bizarres me fixaient.

– J'en ai un ! j'ai crié.
– Lequel ?
– Max.
– Et d'un ! a déclaré maman.

Peu après j'ai repéré Bob. Il faisait ses griffes sur mon chapeau de cow-boy. Quand j'ai trouvé Sam, il dégustait son goûter préféré. Je les ai attrapés et portés jusqu'à la cuisine. Ils étaient lourds et se tortillaient dans mes bras.

– Et de deux, et de trois, a dit maman en cochant sa liste.

– J'ai besoin de nouvelles chaussettes, j'ai soupiré.

Et j'ai laissé tomber les chats pour lui montrer les trous dans la chaussette que Sam était en train de mâchouiller quand je l'avais découvert dans ma chambre.

– Tu n'as qu'à porter des sandales en attendant que j'aille t'en acheter.

– Maman, il y a du brouillard le matin ! Mes orteils vont geler.

– Ne t'inquiète pas, m'a-t-elle dit. Pour l'instant cherche Jules. Je veux que nous ayons récupéré tous les chats avant le retour de William.

J'ai crié de toutes mes forces :

– Jules ! C'est bon, tu peux sortir ! La partie de cache-cache est finie !

Mais Jules avait disparu.

Où est Jules ?

Quand William est arrivé, maman et moi avions les genoux tout rouges à force de chercher sous les meubles. Et il n'y avait aucune trace de Jules.

William a dit qu'il fallait continuer à chercher. Du coup, pour le dîner, on a eu droit à des pommes, des cacahuètes salées et des chips goût barbecue.

– Une fois, je l'ai retrouvé assis sur une chaise, a expliqué William.

Et il a tiré chaque chaise de la salle à manger pour vérifier que Jules ne s'y trouvait pas. Sans succès.

– Une autre fois, il était endormi sur le clavier de mon ordinateur, caché par la housse de protection. C'était plutôt mignon.

Maman a vérifié l'ordinateur. Pas de Jules.

Mes genoux me faisaient mal, j'avais faim et j'en avais assez de retirer des moutons de poussière de mes cheveux. J'étais vraiment de mauvaise humeur.

– Il y a des tas de chats à la fourrière, tu sais, j'ai soufflé à William.

– Que veux-tu dire ? a-t-il demandé.

– Ce chat n'est pas si important… Il finira par réapparaître quand il aura faim. C'est ce que disait mon père à propos de Chloé.

– Il y a peut-être des tas de chats au monde, mais il n'y a qu'un seul Jules ! a répondu William. Et qui est Chloé ?

William a ouvert le réfrigérateur. Espérait-il découvrir Jules dans le compartiment à légumes ? Non. Il en a sorti une bière.

Maman nous a rejoints et lui a expliqué :

– Chloé était la gerbille d'Angela. C'est son père qui la lui a offerte. Mais elle s'est échappée et elle est morte de faim. Tu as vérifié que Jules n'était pas sous l'évier, Angela ?

– Deux fois. Et tu ne sais pas si Chloé est morte de faim. On ne l'a jamais retrouvée. Peut-être qu'elle vit dans une maison plus accueillante.

Il était l'heure de me coucher et Jules était toujours introuvable. J'ai enfilé mon pyjama, je me suis brossé les dents, puis j'ai regardé sous mon lit. Trois paires d'yeux bizarres m'observaient.

– Vous ne croyez pas que vous allez dormir tout le temps dans ma chambre, j'ai crié. Allez ouste ! Du balai !

Mais les yeux ont continué à me fixer.

Je me suis assise par terre et j'ai pensé au lendemain.

Je ne ferais pas de toboggan.

Je ne mangerais pas de hamburger.

J'essaierais d'expliquer la situation à Kimi dans le bus.

Je n'avais pas très envie de retourner dans ma nouvelle école, mais j'allais essayer de vaincre mes peurs.

Je me suis relevée et lorsque je me suis glissée sous ma couette, j'ai aperçu une boule de fourrure qui a disparu au fond de mon lit. Pendant une demi-seconde, j'ai pensé à Chloé. Puis j'ai compris que c'était une queue de chat.

On s'était écorché les genoux à le chercher et pendant ce temps, Jules dormait comme un bienheureux dans mon lit !

J'ai enlevé ma couette, Jules est apparu. Est-ce qu'il avait une expression désolée ? Est-ce qu'il avait l'air de s'excuser ?

Pas du tout !

– Je l'ai trouvé ! j'ai crié.

J'ai entendu des pieds nus courir dans le couloir, puis la voix de maman à la cuisine :

– Et de quatre !

William est entré dans ma chambre.

– Où était caché ce coquin ?

J'ai désigné mon lit du menton.

– Le bon vieux coup de la couette, hein, mon petit Julot ?

William l'a gratté derrière l'oreille, Jules a fait le gros dos en étirant ses pattes.

– On était inquiets pour toi, n'est-ce pas, Angela ? a lancé William.

– J'ai sommeil, William, j'ai dit.

– D'accord. À demain alors. Bonne nuit, Jules. Euh, au fait, Angela… tu sais où sont les autres chats ?

– Sous mon lit.

– C'est formidable, non ? Ils apprennent à partager leur chambre avec toi. Je savais que je pouvais compter sur eux.

Des problèmes de chaussettes

Les chats m'ont laissée dormir cette nuit-là. Je me suis levée tôt le lendemain. J'avais décidé de prendre le bus, je ne voulais pas risquer d'être en retard pour cause de chats.

Je me suis habillée et je me suis rendue à la cuisine. Assis à table, William était en train de lire son journal. Il a jeté un œil à sa montre.

– 7 h 25, a-t-il remarqué. Très impressionnant.

– Maman ?

Je me sentais ronchon, mais j'ai gardé mon calme.

– Très impressionnant, a répété maman en écho.

C'était bien la peine de rester calme.

– Non, il n'y a rien d'impressionnant ! Regarde !

J'ai attrapé ma cheville droite, tenu mon pied en l'air et remué mes orteils qui dépassaient.

– Comment est-ce que je suis censée cacher ça ? j'ai demandé.

– Oh, ma chérie, a souri maman, j'avais complètement oublié. Tu veux dire que Sam n'a pas épargné une seule paire de tes chaussettes ?

– Il faut que tu te rappelles de fermer ton tiroir, a remarqué William en tournant une page.

– Bon, on n'a plus le choix maintenant, a dit maman. Tu n'as qu'à m'en emprunter une paire.

– Mais tes pieds sont gigantesques !
Maman a eu l'air blessée.

– Pas du tout ! Ils ont une taille normale. De toute façon, c'est ça ou avoir les orteils gelés.

William a relevé la tête et a lancé :

– Tu sais ce que Mark Twain disait sur San Francisco ?

Je me suis demandé quel était le rapport, mais j'ai répondu :

– Non, quoi ?

– « L'hiver le plus froid que j'ai jamais vécu était un été à San Francisco. »

Maman a ri. Pas moi.

Elle a expliqué :

– William veut dire que Mark Twain aussi avait froid aux pieds en septembre.

– Ah !

Je suis allée prendre des chaussettes dans le tiroir de maman. Les plus petites que j'ai trouvées étaient grises. Quand j'ai mis mes baskets, elles débordaient de tous les côtés. Pourvu que les autres élèves ne s'en aperçoivent pas !

Comme le bus passe au coin de la rue à 8h05, j'ai fermé la porte de l'appartement à 7h57 et j'ai dévalé les trois étages.

Au rez-de-chaussée, j'ai failli bousculer une fille très grande. Elle était coiffée d'une crête multicolore et fermait la porte de l'appartement 1C.

– Excuse-moi, j'ai dit. Tu vis ici ? Je ne t'avais jamais vue.

Elle m'a souri.

– Eh bien maintenant c'est fait. Je suis en retard comme d'hab'. Je dois filer, salut ! À plus !

Elle a poussé la porte d'entrée devant moi. Sur son tee-shirt était écrit « Au rayon de lune, café et beignets ». C'était le café du coin de la rue.

J'étais la première à l'arrêt de bus. Mais à 8 h 01, trois autres élèves m'ont rejointe. L'un d'eux était Robin-le-curieux.

– Qu'est-ce que tu as trouvé comme réponse pour le problème n° 2 ? m'a-t-il demandé.

J'ai fermé les yeux. Quelle horreur ! J'avais été tellement occupée à chercher Jules que j'avais oublié de faire mes exercices de maths.

– Oh, non ! j'ai gémi.

– Qu'est-ce que tu as ? a voulu savoir Robin. Ta mère te force à manger du muesli au petit-déjeuner ? Ooooooh non, il m'a imitée avec un long gémissement. Je sais l'effet que ça fait.

– Ce n'est pas à cause du muesli, j'ai dit. Je n'ai pas fait mes devoirs.

– Le premier jour ! s'est exclamé Robin, qui n'en croyait pas ses oreilles. Tout le monde fait ses devoirs le premier jour ! Tu vas avoir de sacrés…

– Ton chien les a mangés ? a lancé un garçon qui voulait faire son malin.

– C'est plutôt un chat, j'ai murmuré.

Je voulais expliquer à Robin que ce n'était pas ma faute si je n'avais pas fait mes exercices de maths. Lui expliquer que j'avais cherché Jules.

Ce serait bien de le raconter à un curieux, comme ça il le raconterait à tout le monde. Ils comprendraient tous que je n'étais pas bizarre, mais que tout était la faute des quatre chats de William.

Le bus est arrivé avant que j'aie pu prononcer un seul mot. Robin s'est assis avec ses amis et j'ai dû m'asseoir à côté d'un grand.

Au moins, personne n'avait parlé de mes chaussettes.

Des explications pleines de chats

J'ai essayé de faire mes exercices de maths dans le bus, mais ça bougeait trop et tout ce que j'écrivais ressemblait à des gribouillis.

En classe, quand on a rendu nos exercices, M. Morgan a fixé ma feuille.

– Angela ? Ça ressemble à du chinois. À la récréation, nous aurons une petite conversation tous les deux, d'accord ?

Et il m'a rendu ma feuille.

Quand la cloche a sonné, je suis restée à ma table, parfaitement silencieuse. M. Morgan allait peut-être m'oublier. Mais il a levé la tête et il a déclaré :

— Viens t'asseoir près de mon bureau, s'il te plaît. Et apporte-moi ta feuille.

Ça allait barder. Il avait été gentil la première journée, mais c'était fini.

— Hier ton écriture était soignée, a dit M. Morgan quand je me suis assise. Qu'est-ce qui s'est passé ?

— C'est à cause de Jules.

— Jules ?

J'ai acquiescé.

— Jules a disparu.

— Disparu ? Oh, Angela, je suis désolé. Il fallait me le dire ! Ta mère doit être folle d'inquiétude. Avez-vous prévenu la police ?

— Je ne crois pas que ça intéresserait la police.

— Je suis sûr que ça l'intéresserait ! a rectifié M. Morgan.

– De toute façon, on a fini par le retrouver, j'ai continué.

– Ah. Bien… Euh… et Jules est… ton petit frère ?

– Je n'ai pas de petit frère. Seulement maman. Et puis William maintenant, en quelque sorte. Et les quatre chats de William aussi, si les chats comptent. En fait, c'est ce qu'on a fait : on a compté les chats. Alors j'étais trop occupée pour faire mes exercices.

J'avais l'impression que je racontais tout dans le désordre.

– Je ne suis pas sûr de comprendre, a déclaré M. Morgan.

– C'est bien le problème, j'ai répondu. Personne ne me comprend. Et plus j'essaie d'expliquer, plus on me trouve bizarre.

– Mais non Angela, a repris M. Morgan en souriant. Je ne te trouve pas bizarre. Et je suis sûr que personne ne te trouve bizarre. Tu n'es ici que depuis une journée. Dans cette école, nous avons pour habitude d'attendre au moins trois jours avant de déclarer qu'une personne est bizarre.

– Ah, bon…

J'avais donc jusqu'à mercredi pour les convaincre que j'étais parfaitement normale.

– Angela !

La voix grave de M. Morgan m'a fait sursauter.

– Quoi ?

– Je plaisantais ! Les trois jours, c'était une blague ! Reprenons depuis le début. Qui est Jules ? Et quel rapport y a-t-il entre les chats et tes exercices de maths ?

Cette fois, je crois que j'ai réussi à expliquer correctement la situation. Quand j'ai eu fini, M. Morgan m'a dit qu'il comprenait.

– Je ne t'enlèverai pas de points si tu m'apportes ton devoir demain. Et je suis sûr que cette situation ne se reproduira plus car si Jules disparaît à nouveau, tu sauras où le chercher.

Je me suis dit que M. Morgan était peut-être vraiment sympa, même quand les parents n'étaient pas là.

Le voleur de cookies

À la cantine, je me suis assise avec Robin-le-curieux, avec Kimi que j'avais rencontrée hier dans le bus et Audrey de la table « Cuivre ».

Au cas où vous vous poseriez la question, toutes les tables de la salle 31 portent des noms de métaux parce que nous allons étudier la terre. Je suppose que j'ai de la chance d'être à la table « Argent ». J'aurais pu me retrouver à la table « Étain », ce qui est difficile à écrire correctement.

Le déjeuner se passait plutôt bien. Kimi m'a posé des questions sur mon ancienne école. Je lui ai dit qu'elle était géniale. Alors Robin a voulu savoir pourquoi j'en avais changé, si elle était géniale. Je lui ai raconté maman, le minuscule appartement de William, et ma robe pour le mariage qui ressemblait à une nappe de grand-mère.

Je ne suis pas sûre qu'il ait compris le passage sur la nappe.

J'allais leur expliquer que je n'étais pas bizarre, que c'était seulement à cause des chats de William, mais à ce moment-là j'ai remarqué qu'Audrey fixait mes pieds. J'ai essayé de les cacher sous ma chaise, seulement c'était trop tard.

– Eh, Angela, est-ce que c'est le genre de chaussettes qu'on portait dans ton ancienne école ? Toutes grises et plissées ? On dirait de la peau de rhinocéros !

Je parie que je suis devenue rouge comme une tomate.

– Ce n'est pas ma faute ! C'est à cause des chats de William ! Vous comprenez...

À ce moment, Robin s'est levé pour aller poser son plateau.

– Quelqu'un veut faire un foot ? a-t-il demandé.

– Moi !
– Moi !
– Et moi.
– Moi aussi.
– Attendez-moi !

Tous les autres se sont levés.

– Tu viens avec nous, Angela ? a proposé Audrey. Mais fais bien attention de ne pas te prendre les pieds dans tes chaussettes !

Quand je suis rentrée à la maison ce soir-là, maman était en train de travailler dans son bureau, celui qui servait de placard à balais avant qu'on arrive.

– Coucou, ma chérie ! Ton goûter t'attend sur la table de la cuisine. Il me reste un bilan à finir.

Je ne sais pas vraiment ce qu'est un « bilan », mais maman est toujours en train de les finir.

J'ai posé mon cartable sur mon bureau puis je suis allée dans la cuisine. Maman avait préparé des cookies au chocolat. J'ai posé quatre cookies sur une assiette et je me suis servi un verre de lait.

Le temps de remettre le lait dans le réfrigérateur, de me retourner, Max et Bob avaient grimpé sur la table et Max avait un de mes cookies dans la gueule.

– Ouste ! j'ai crié en tapant des pieds et en agitant les bras.

Max a sauté par terre et s'est enfui avec mon cookie. Bob en a attrapé un autre et a bondi sur le plan de travail.

– Rendez-moi mes cookies ! j'ai ordonné.

Mais Bob m'a ignorée et a commencé à jouer avec son cookie comme avec une souris. Il s'est vite lassé car le cookie ne bougeait pas. Alors il l'a envoyé par terre avant de s'installer sur l'égouttoir pour se nettoyer le museau.

– Vilain chat ! j'ai dit à Bob.

J'ai ramassé le cookie pour le mettre à la poubelle. Puis je suis partie à la recherche de Max. Il y avait des miettes de cookie dans le salon, dans la chambre de maman et William, dans la salle de bain. Mais aucune trace de Max. J'ai regagné la cuisine.

– Mamaaaaaaannnn ! j'ai gémi.

– Qu'y a-t-il ?

– Ces imbéciles de chats ont volé mes cookies !

– Ne dis pas « imbéciles », Angela, ce n'est pas gentil.

Maman m'a rejointe et a désigné la table.

– De toute façon, il t'en reste deux.

J'ai froncé le nez.

– Ils les ont sûrement léchés.

Maman a ouvert la boîte où elle range les cookies et m'en a tendu quatre autres. Puis elle en a pris un sur mon assiette et l'a mangé.

– Miam miam, a-t-elle dit en se léchant les lèvres, la bave de chat leur donne un goût très spécial.

– Mamaaaaannn, j'ai protesté. C'est dégoûtant ! En plus je suis sûre que les cookies sont dangereux pour les chats. Je parie que le vétérinaire devra leur faire un lavage d'estomac, et que ça coûtera très cher !

Maman s'est assise sans me répondre.

– Comment s'est passée ta journée à l'école ?

Je lui ai parlé de mon devoir de maths.

– Alors ne me demande plus le soir de compter ces imbéciles de chats, d'accord ?

– « Imbéciles ? » a-t-elle répété.

– Je ne veux pas compter de chats intelligents non plus.

– Tu as quartier libre, a-t-elle annoncé. Je les ai comptés tout à l'heure. Tu sais où était Jules ? Dans le panier à linge…

Monsieur Morgan a été compréhensif à propos des maths, tu as de la chance.

Je n'avais pas l'impression d'avoir de la chance. Je lui ai raconté que tout le monde s'était moqué de mes chaussettes en peau de rhinocéros.

– Hier le toboggan, aujourd'hui tes chaussettes, a soupiré maman. Si c'est tout ce qui cloche, les choses se passent plutôt bien. Et tu trouveras de nouvelles chaussettes dans ta commode.

Décidément, personne ne me comprenait. Pas même ma propre mère.

J'ai avalé les cookies et je suis partie en traînant les pieds faire mes devoirs dans ma chambre minuscule.

Melissa est toujours là

Bob avait quitté l'égouttoir de la cuisine et s'était endormi sur mon bureau.
– Ouste, Bob !
Je l'ai poussé, il a sauté sur mes genoux. Son haleine sentait le cookie, c'était plus agréable que le poisson. Je ne l'ai pas chassé.

Quand on n'essayait pas de les faire à la dernière minute dans le bus, les exercices de maths étaient faciles. En un quart d'heure, j'avais fini.

Alors j'ai décidé d'appeler Melissa pour savoir ce qui se passait dans mon ancienne école.

Melissa est ma meilleure amie. Elle habite une maison de taille normale avec sa mère et son vrai père, ses frères jumeaux de quinze ans et Clyde, un chien presque aussi grand qu'un poney et qui sent mauvais. La chambre de Melissa est gigantesque par rapport à la mienne. Et elle a sa propre ligne téléphonique depuis la maternelle.

La vie de Melissa est parfaite.

– Angela, tu me manques tellement ! a-t-elle dit. À l'école c'est horrible, ma maîtresse est une sorcière ! Tu te souviens de mademoiselle Burke ? C'est elle ! Ses dictées me tuent ! Et tu ne devineras jamais à côté de qui je suis assise ! Jeremy Grant. Il n'arrête pas de parler, mais c'est moi qui me fais gronder. Angela ? Tu es toujours là ?

– Tu me manques aussi, j'ai dit.

– Et dans ton école, les élèves sont sympas ? Tu t'es fait des amis ? Est-ce que ta maîtresse est une sorcière ? Tu as eu des devoirs le premier jour ? Comment vont les chats ? J'aimerais bien avoir un chat, même un seul. Angela ? Tu es toujours là ?

J'ai souri. Melissa est trop drôle. C'est pour ça qu'on est amies depuis la maternelle. Elle est drôle et je ne le suis pas. On se complète.

– Je suis toujours là.

J'ai essayé de me rappeler toutes ses questions.

– Les élèves sont normaux. Je n'ai pas encore d'amis. J'ai un maître et pas une maîtresse. Et je ne crois pas que les hommes puissent être des sorcières.

J'ai baissé les yeux vers Bob. Il dormait.

– Et les chats sont aussi imbéciles et embêtants que d'habitude.

– Je trouve que tu as trop de chance, a déclaré Melissa. Les chats adorent les câlins. Tu imagines Clyde sur mes genoux ? Il m'écraserait !

J'ai soupiré.

– Tu ne comprends pas, Melissa. Les chats me sautent dessus quand je dors. Ils mangent mes chaussettes. À cause d'eux, j'arrive en retard à l'école et j'oublie de faire mes devoirs. Aujourd'hui, ils ont même volé mes cookies !

Melissa a éclaté de rire.

– Tu es trop drôle, Angela !

– Je ne suis pas drôle !

Ma voix tremblait et j'ai eu peur de pleurer. Alors j'ai respiré un grand coup.

– Ça ne va pas du tout, j'ai soufflé. Je déteste vivre ici, je déteste les chats de William.

Il y a eu un silence au bout du fil.

– Melissa ? j'ai dit après quelques secondes. Tu es toujours là ?

– Je ne savais pas que c'était si terrible pour toi, a-t-elle murmuré.

– Tu peux venir chez moi ce week-end ?

– Impossible. On est invités à un mariage au bord de la mer. Papa prétend que la robe de la mariée sera orange pour qu'on puisse la voir dans le brouillard. Je crois que c'est une blague.

– Tu pourras venir le week-end d'après alors ?

– D'accord. Mais il faut que je demande la permission.

Et on a dit toutes les deux en même temps :

– Je te rappelle.

Parler avec Melissa m'a fait du bien. À part M. Morgan, Melissa était la première personne qui m'avait écoutée.

Sam n'aime pas les chiens

Ce soir-là, on a fait un vrai dîner, typique de San Francisco : de la soupe chinoise, de la salade grecque et des tortillas mexicaines.

Avant que j'aille me coucher, William a proposé de me lire une histoire. Il essayait d'être gentil, alors j'ai accepté. On s'est assis sur le canapé près de la bibliothèque. Sam faisait sa sieste au-dessus de nous, sur un dictionnaire.

Le livre que William m'a lu parlait d'un chien. Il a réussi une super imitation.

– Ouaf! Ouaf! a-t-il aboyé.

J'ai rigolé, mais Sam n'a pas trouvé ça drôle. Il s'est réveillé et a fouetté l'air avec sa queue. Je crois que William ne s'en est pas aperçu.

– Ouaf! Ouaf! a-t-il encore aboyé exactement comme un vrai chien.

Sam a craché.

– Ouaf! Ouaf!

Sam a sifflé.

– Ouaf! Ouaf!

Alors Sam a plongé… sur le crâne chauve de William!

William, maman et moi, on a crié :

– Vilain chat! Sauve-toi de là!

Bob et Max ont miaulé et ont bondi de la chaise au canapé, du canapé à la chaîne hi-fi, de la chaîne à la chaise et ainsi de suite.

Aucun signe de Jules par contre, comme d'habitude.

Tout ce bruit a effrayé Sam, qui a sorti ses griffes. William a sauté du canapé en hurlant :

– Ouaiiiiiiiiiiiee !

J'ai attrapé un magazine et j'ai essayé de chasser Sam de la tête de William, mais Sam m'a lancé un coup de patte et m'a griffée. C'était une grossière erreur de sa part car son mouvement l'a déséquilibré. Il est tombé par terre – boum. Puis il a filé vers ma chambre.

William se tenait au milieu du salon, ses mains couvertes d'écorchures plaquées sur son crâne. Je n'arrivais pas à voir s'il saignait.

– Oh, ma tête… ma pauvre tête, a-t-il gémi. Je ne pourrai plus jamais penser correctement.

– Allez viens, a déclaré maman, on va te soigner. Angela, est-ce que Sam t'a griffée toi aussi ?

J'ai regardé mes mains. Juste quelques gouttes de sang. Ça ne comptait pas.

– Ça va.

Mais maman m'a fait signe de venir moi aussi.

– Il vaut mieux désinfecter. Les griffures de chat peuvent être dangereuses.

Maman a saisi William par le bras et l'a guidé vers la salle de bain.

– Qu'est-ce qui lui a pris ? a demandé William.

– Un problème au cerveau, a diagnostiqué maman. Il t'a confondu avec une chaussette.

La bave du chat chauve

Le lendemain matin, M. Morgan nous a donné un problème de maths :

– Melba a acheté deux kilos d'or, à sept cents dollars le kilo. Elle a aussi acheté deux kilos d'argent, à cent dollars le kilo. Combien Melba a-t-elle dépensé de plus pour acheter l'or ?

J'aurais aimé savoir qui avait eu l'idée d'appeler son enfant Melba. Et où cette Melba avait trouvé tout cet argent. Mais vous savez bien qu'on ne répond pas à ce genre de questions en cours de maths.

– Pour résoudre ce problème, vous allez travailler en groupe.

M. Morgan aime beaucoup le travail en groupe. Il nous a dit que ça nous apprenait à coopérer, à mieux nous connaître, et que ça nous donnait à tous l'occasion d'expliquer et de comprendre.

Mais M. Morgan n'avait pas prévu le cas de Thomas, monsieur je-sais-tout.

Voilà ce qui s'est passé dans notre groupe. Robin a lu le problème. On a tous regardé Thomas. Il a dit :

– Mille deux cents dollars.

On a noté la réponse.

Fin du travail en groupe.

On était mercredi, mon troisième jour d'école. M. Morgan m'avait dit qu'il plaisantait, mais je croyais toujours que je vivais mes dernières heures pour convaincre les autres que je n'étais pas bizarre. Jusqu'ici, c'était complètement raté.

– Pourquoi tu as un pansement sur la main ? a demandé Thomas, une fois le problème résolu.

M. Morgan était au tableau, occupé à aider un autre groupe sur les tables de multiplication. C'était le moment idéal pour m'expliquer. Enfin !

– C'est la faute des chats de William, j'ai commencé. Surtout Sam.

– Surtout Sam, c'est un nom débile pour un chat, a dit Robin.

– Il ne s'appelle pas Surtout Sam, j'ai répondu. Il s'appelle juste Sam. Bref…

Robin m'a interrompue.

– Juste Sam, ce n'est pas franchement mieux comme nom.

Thomas l'a coupé.

– Ne fais pas l'idiot, Robin. Le chat s'appelle Sam.

– Oui, j'ai confirmé. Bref, d'habitude Sam mange toutes les chaussettes qui traînent. Mais hier soir, il s'est attaqué à la tête de William.

– William, voici un joli nom pour un chat, a déclaré Kimi.

– Mais William n'est pas un chat ! C'est le nouveau mari de maman ! Il est chauve, j'ai ajouté.

– Je croyais que tu avais dit que William mangeait toutes les chaussettes, a repris Kimi.

– Quoi ? Le nouveau mari de ta mère mange des chaussettes ? s'est étonné Robin-le-curieux.

En les écoutant, j'ai pensé qu'il faudrait que je m'habitue à être bizarre. Quoi que j'essaie d'expliquer aux autres, les choses finissaient toujours par s'embrouiller dans ma tête.

– Angela ? a demandé Thomas en me regardant. Est-ce que tu es en train de nous dire que Sam est un chat ? Et William un mari ? Que Sam a attaqué William ? Que tu t'es retrouvée au beau milieu du combat et que tu as été griffée ? Et que c'est pour ça que tu portes un pansement à la main ?

– Oui ! Oui, exactement !

Enfin, quelqu'un qui me comprenait…

Mais plus personne n'écoutait. Quand Thomas racontait, ce n'était plus aussi intéressant. Et ça n'expliquait pas pourquoi c'était la faute des chats si j'étais bizarre.

J'ai repris mes explications :

– Ils ne sont pas seulement responsables du pansement. C'est aussi à cause d'eux que je me suis endormie en classe. Et que je suis arrivée en retard le premier jour de la rentrée. Et que j'ai écrit mes exercices en chinois. Et que j'ai porté des chaussettes en peau de rhinocéros. Et qu'il y a eu de la bave de chat sur mes cookies. Et…

– De la bave de chat ? a répété Jessica. C'est dégoûtant !

Jessica est la voisine de Thomas. C'était la première phrase qu'elle prononçait de la semaine.

La bave de chat les a impressionnés. Ils ont commencé à poser plein de questions en même temps.

– Tu as mangé les cookies ?
– Qui c'est, William ?
– Combien il y a de chats ?
– Sam, c'est le chat de la grand-mère ?
– Quelle grand-mère ? je me suis étonnée.
– Tu sais, a dit Robin, celle qui a une nappe très moche.

Je l'ai ignoré.

– Il y a une seule chose que je ne comprends pas, a remarqué Thomas.
– Laquelle ? j'ai demandé.
– Quel est le chat qui est chauve ?

Maintenant, même monsieur je-sais-tout était perdu. Et j'étais toujours aussi bizarre.

Punie !

À la récré, Kimi est venue me trouver dans la cour.

– Combien tu as de chats, en fait? m'a-t-elle demandé.

J'ai failli ne pas lui répondre. Je serais forcément interrompue. Par un élève. Une maîtresse. Ou un tremblement de terre.

– Angela? a repris Kimi. Tu rêves?

– Quatre, j'ai dit très vite. Quatre chats. Ce sont les chats de William. Le chauve. Qui n'est pas un chat. C'est…

– Le nouveau mari de ta mère, m'a coupée Kimi. Je sais.

– C'est vrai ?

– Bien sûr. J'ai un beau-père moi aussi. Mais lui, il cultive des bégonias. J'adore les chats. J'aimerais bien en avoir un. Les bégonias, c'est moche. Leurs feuilles ne sont même pas vertes. Tandis que les chats, c'est rigolo.

Je lui ai dit qu'elle n'aurait pas voulu des chats de William.

– Ce sont des imbéciles pas drôles et très embêtants.

J'étais tellement occupée à expliquer la situation que je n'ai pas remarqué l'endroit où on se trouvait. Pas avant qu'il ne soit trop tard. On faisait la queue devant le terrible toboggan !

– Oh, non !

J'ai reculé.

– Quoi ? Tu as peur ? a-t-elle dit si fort que toute l'école a entendu. D'un simple toboggan ?

Je parie que je suis devenue rouge comme une tomate.

Alors avant que les autres élèves ne commencent à rire et à me traiter de bébé ou de poule mouillée, je suis partie en courant.

Je n'étais pas bien loin quand le sifflet de la maîtresse qui surveille la cour a retenti. Quelqu'un allait avoir des problèmes.

– Toi ! Eh, petite !

La maîtresse pointait quelqu'un du doigt.

Moi ! C'était moi !

– Va t'asseoir cinq minutes sur le banc ! a-t-elle ordonné. Tu es punie.

Qu'est-ce que j'avais fait ?

– On ne court pas du côté des maternelles, a-t-elle continué en écrivant quelque chose dans son carnet. Tu aurais pu renverser un petit !

Je ne savais pas que j'étais du côté des maternelles. Et je ne me souvenais pas d'une règle qui interdisait de courir à cet endroit. Mais il y avait tellement de règles...

J'ai filé jusqu'au banc où je me suis assise. Évidemment, toute la classe me regardait. Cinq minutes, c'est long. J'ai eu le temps de penser aux choses horribles qui m'étaient arrivées. Quand mes parents s'étaient séparés, quand j'avais dû prendre l'avion toute seule, quand j'avais porté une robe qui ressemblait à une nappe...

Peut-être que cette punition était le début d'une nouvelle période de ma vie. Après avoir été bizarre, j'allais peut-être devenir méchante. Je pourrais par exemple voler l'argent de la cantine, tricher à la balle au prisonnier ou copier pendant les contrôles.

Être méchante, ça pourrait être bien. Mais être punie, c'était nul.

Un cadeau sur l'oreiller

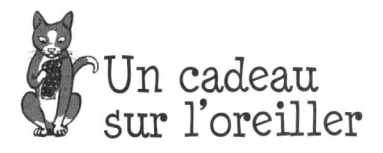

Les élèves de ma classe ne se sont pas moqués de moi parce que j'ai été punie. Et Kimi s'est comportée normalement dans le bus.

Pourtant, je n'ai pas parlé de ma punition à maman quand elle m'a demandé comment s'était passée ma journée. Ces temps-ci, elle ne comprenait rien à mes problèmes.

Et puis j'avais trop honte.

Comme maman avait une réunion après le dîner, je suis restée à la maison avec William. Il m'a lu une histoire dans laquelle il n'y avait pas de chien, ce qui nous a protégés des chats. Deux pansements décoraient le crâne chauve de William, ça lui donnait l'air bête. Je me suis demandé si les autres avocats lui avaient posé des questions sur ses blessures. S'il leur avait avoué que son propre chat l'avait attaqué. S'il avait eu honte.

L'histoire terminée, William a dit :

– Je sens l'inspiration qui me gagne, Angela. Je vais aller m'installer au clavier.

Ça signifiait qu'il allait écrire une histoire sans queue ni tête avec des mots très longs.

Je suis allée me coucher. À peine entrée dans ma chambre, je l'ai sentie. Une odeur terrible. Je n'ai pas mis longtemps à découvrir d'où elle venait. Il y avait une tache humide et dégoûtante de… vomi de chat. En plein milieu de mon oreiller. Comme si c'était un cadeau pour moi.

– William !

J'ai bondi dans la chambre de maman et de William. Il pianotait devant son ordinateur.

– Tes imbéciles de chats ont vomi sur mon lit !

Il a fait pivoter sa chaise vers moi.

– Tous les quatre ?

– Comment je pourrais savoir combien de chats ont vomi ? En tout cas il y en a plein sur mon oreiller !

William a passé la main sur ses pansements en soupirant.

– C'est un des nombreux périls auxquels s'expose un propriétaire de chats.

Il s'est retourné vers l'ordinateur.

– Tu trouveras des éponges sous l'évier et une taie d'oreiller propre dans l'armoire à linge.

Je n'ai pas compris tout de suite. Puis je suis restée bouche bée. Il voulait que ce soit MOI qui nettoie le vomi de chat!

Pendant une seconde je n'ai pas bougé, et soudain toute la colère que j'avais accumulée a éclaté.

– Pas question que je nettoie ça! j'ai crié. Ce sont TES imbéciles de chats!

William a fini de taper une phrase avant de s'arrêter. Soudain la pièce est devenue très silencieuse. J'ai pensé : « Ça va chauffer… » Puis il a déclaré :

– Jeune fille, je suis une personne très patiente. J'aime ta mère et j'ai l'intention de t'aimer aussi. Mais je ne tolérerai pas les insultes, que ce soit envers moi ou envers mes chats.

Il s'est retourné et m'a regardé droit dans les yeux avant d'ajouter :

– Dans cette maison il y a une règle. Peut-être ai-je oublié de la mentionner. Cette règle dit ceci : celui qui découvre les cochonneries d'un chat les nettoie. Et cela s'applique également aux jeunes filles. Me suis-je bien fait comprendre ?

William a continué à me fixer. Il attendait une réponse.

Alors, pour la seconde fois de la journée, j'ai tourné les talons et je me suis enfuie.

Au Rayon de lune

– Angela ?

La voix de William m'a poursuivie jusqu'à l'entrée de l'appartement où je me suis précipitée.

– Ange...

J'ai claqué la porte. Mes baskets ont fait crouic crouic dans l'escalier. Je m'attendais à entendre des pas derrière moi. Ou même le pfffuuuiiiit du sifflet de la maîtresse. Mais il n'y avait que le crouic crouic.

Deux étages plus bas je me suis demandé où aller. Je ne connaissais personne dans le quartier, la maison de Melissa était trop loin et, de toute façon, je n'étais pas sûre du chemin.

J'ai franchi la porte de mon immeuble et je me suis retrouvée sur le trottoir. Il faisait froid et humide. Je n'avais pas mon manteau. J'ai levé la tête vers le ciel, mais il n'y avait pas d'étoiles et on n'apercevait de la lune qu'un cercle pâle à travers le brouillard.

Je crois que c'est ce qui m'a fait penser au *Rayon de lune, café et beignets*. J'avais peur seule, dehors en pleine nuit, et j'avais froid, alors j'ai fait le chemin en courant. J'ai été soulagée d'apercevoir la pancarte « Ouvert ».

J'ai poussé la porte si fort que j'ai failli m'écrouler à l'intérieur. La salle était chaude et bien éclairée. Il ne restait que trois beignets sur le présentoir, et il n'y avait aucun client.

La locataire de l'appartement 1C était en train de nettoyer le comptoir.

– Tiens salut, tu es la fille de mon immeuble, non? m'a-t-elle lancé en levant la tête. Tu viens chercher quelque chose à grignoter avant d'aller au lit? Il reste un beignet à la confiture de fraises et deux beignets nature. Il n'y aura rien d'autre avant la livraison du pâtissier demain matin. À moins que tu préfères un café, un chocolat? On ne sait jamais avec les gamins, maintenant…

– Euh… je… je n'ai pas d'argent, j'ai murmuré.

Est-ce que j'allais devoir partir?

– Tu veux un beignet gratuit ?

J'ai senti que je devenais rouge comme une tomate.

– Accouche, gamine. Tu veux quoi ? Une coupe de cheveux ? Des conseils pour tes fringues ? Un tatouage ?

J'ai souri. Elle était gentille, en fait.

– Je cherchais juste un endroit où aller, j'ai bafouillé. Je veux dire, ailleurs que dans l'appartement de William. Parce que le chat a vomi.

Elle a hoché la tête.

– Berk de chez berk. C'est qui William ?

Je lui ai expliqué. Puis je lui ai parlé de maman. Des chats. De l'école. Elle a fini d'essuyer son comptoir. Quand je me suis arrêtée, elle a dit :

– J'en connais un rayon sur les beaux-pères. Moi aussi je me suis enfuie de chez le mien. Il me frappait. J'espère que William n'est pas comme ça.

J'ai écarquillé les yeux.

– Non, j'ai dit en secouant la tête.

– Dès que j'ai eu dix-huit ans, je suis partie. C'est mieux maintenant, même si parfois je me sens seule.

Elle a désigné les trois beignets.

– Lequel tu veux ? Le soir, j'ai le droit d'en emporter s'il en reste. Je t'en offre un.

Elle a retourné la pancarte « Ouvert » pour qu'elle indique « Fermé ».

– Celui à la confiture, s'il te plaît.

Elle a mis le beignet dans un sac en papier.

– Moi, j'en peux plus de ces beignets, a-t-elle soupiré.

Et elle a glissé les deux autres aussi dans le sac.

– Tiens, voilà un petit cadeau pour faire la paix avec William et ta mère. Tu ne penses pas qu'ils sont inquiets en ce moment ?

– Oh, zut ! Quelle heure il est ?

J'avais oublié que je m'étais enfuie.

– Neuf heures. Tu es portée disparue depuis quarante-cinq minutes.

– Zut de zut ! Pauvre maman. J'espère qu'elle n'est pas encore rentrée. Tu as raison, je ferais mieux d'y aller.

– Allez, viens, je te raccompagne.

Elle a attrapé son manteau en imitation peau de vache et elle a éteint les lumières. Puis elle a fermé la porte avec trois clefs différentes.

– Merci, je lui ai dit pendant qu'on marchait.

– De rien, j'en peux vraiment plus des beignets.

– Pas seulement pour les beignets, j'ai murmuré. De m'avoir écoutée, et tout ça.

– T'inquiète, ma puce. Au fait, tu t'appelles comment ?

– Angela.

– Moi, c'est Marie.
– Marie ?

J'imaginais pour elle un prénom plus exotique, comme Melody, Rasta Girl ou Luna.

– Eh oui Marie, a-t-elle dit en passant la main dans sa crête multicolore. Ça ne te plaît pas ? Moi je trouve ça mieux que Marie-Madeleine ou Marie-Rose.

Elle a ouvert la porte de l'immeuble.

– Tu veux que je te raccompagne ? Je pourrais raconter à ta mère que je t'ai enlevée. Comme ça tu n'aurais pas de problèmes.

– Je crois que je dois résoudre mes problèmes toute seule, j'ai murmuré.

Beignets pour tous

Je me suis arrêtée devant la porte de notre appartement. J'entendais William et maman parler à l'intérieur.

– Je suis allé sonner chez tous les habitants de l'immeuble, expliquait William. Personne ne l'a vue. Je ne comprends pas, ma chérie. Je n'aurais jamais cru…

– Et la police ? a demandé maman d'une petite voix.

– Ils envoient un inspecteur. Et ils ont lancé un A.E.D.

– Qu'est-ce que ça veut dire ? a interrogé maman.

– Alerte Enfant Disparu. Ça signifie que tous les policiers de San Francisco sont sur le qui-vive.

– Ça ne lui ressemble pas de s'enfuir comme ça, a dit maman. Raconte-moi encore ce qui s'est passé, William.

Tout à coup, j'ai eu honte de moi. Maman était rentrée et ils étaient complètement affolés par ma disparition. Même William. Tout ça parce que j'étais trop en colère pour nettoyer du vomi de chat. C'était idiot d'être partie à cause de ça. Cela n'avait rien à voir avec un beau-père qui vous bat.

Quand j'ai ouvert la porte ils se tenaient recroquevillés sur le canapé, William serrait maman dans ses bras. Les chats étaient blottis autour d'eux. Le visage de maman était maculé de traces de maquillage, elle avait pleuré.

– Pardon, j'ai soufflé.

Maman a bondi du canapé. Quelque chose s'est frotté à ma jambe. J'ai baissé les yeux juste à temps pour apercevoir une boule de fourrure. Puis Jules s'est enfui.

– Mon trésor ! a crié maman.

Elle s'est précipitée sur moi et a failli me faire tomber.

– Le chat, ai-je essayé d'articuler, pressée contre maman.

– Ne t'inquiète pas pour lui, a déclaré William. On est si contents et soulagés de te voir, toi.

Il nous a prises toutes les deux dans ses bras.

Maman s'est un peu écartée pour me regarder. Ses yeux étaient tout rouges. Je me suis sentie encore plus mal.

– Je te demande pardon, j'ai répété avant d'ajouter : euh... j'ai apporté des beignets. Pour vous. Et pour les chats aussi.

Je leur ai tendu le sac.

– C'est là que tu étais ? Au *Rayon de lune, café et beignets* ? J'aurais dû y penser, a remarqué William.

– Ne refais jamais, jamais, jamais, jamais... a commencé maman.

Un coup de sonnette l'a interrompue.

– Oh, oh, a dit William.

Il a ouvert la porte. C'était un policier. Il tenait fermement Jules qui se débattait de toutes ses forces. Il m'a désignée du menton :

– C'est la personne portée disparue ?

– C'était elle, oui, a souri maman. Elle vient de rentrer.

– Et lui, a repris le policier en lui tendant Jules. Disparu également ?

– Merci, a dit William en l'attrapant. Vilain chat !

– Bon, a conclu le policier. Tout est bien qui finit bien. Connaissez-vous la célèbre phrase de Mark Twain, jeune fille ?

Je ne voyais pas le rapport, mais je lui ai répondu :

– « L'hiver le plus froid que j'ai vécu était un été à San Francisco » ?

Le policier a secoué la tête.

– Non, pas celle-ci. Il a également dit : « Rien ne vaut la douceur du foyer. »

Mes chats préférés

– Un type très sympathique, ce policier, a lancé William.

On était samedi matin, une semaine plus tard. Melissa était venue dormir à la maison et William nous accompagnait au *Rayon de lune*, où on allait prendre entre copines le petit-déjeuner.

– Mais il s'est trompé sur la citation, a continué William. Mark Twain n'a jamais dit ça.

– Qui, alors ? a demandé Melissa.

Je lui avais raconté ma fugue. J'avais eu honte de la lui avouer. Mais les amis doivent être au courant des choses idiotes qu'on fait. C'est aussi à cela qu'ils servent.

William a tenu la porte pour que nous entrions dans la salle du café.

– Je crois que c'est Shakespeare, a-t-il réfléchi.

– Sûrement pas, j'ai rétorqué.

– Qui alors ?

– Dorothée, dans *Le Magicien d'Oz*.

– Mais oui, bien sûr, a acquiescé William. C'était une fille sensée. Après vous mesdemoiselles, je reviens vous chercher dans une demi-heure. Et tenez-vous correctement, d'accord ?

On a hoché la tête. Il m'a donné vingt dollars.

– Profitez-en bien !

On a passé notre commande à Marie.

– Voilà pour toi, a dit Marie en me tendant deux beignets à la confiture, et ça c'est pour toi, a-t-elle ajouté en posant une tasse de café devant Melissa. Mais tu sais, ça risque de ralentir ta croissance.

Melissa a répondu d'un ton de conspiratrice :

– Pas de souci. Je mets des tonnes de lait et de sucre dedans.

On était tranquillement installées à une table quand Kimi est arrivée, déposée par sa mère.

– Excusez-moi pour le retard, a-t-elle dit. J'ai dû arroser les bégonias.

Tout va de mieux en mieux. Je ne sais pas vraiment pourquoi. Peut-être est-ce grâce aux chats de William. Ou peut-être parce que Marie m'a raconté l'autre soir que son beau-père la battait. C'était la première fois depuis longtemps que je faisais attention à quelqu'un d'autre que moi.

Par exemple, je n'avais pas remarqué que Kimi voulait devenir mon amie. Ou que Melissa détestait l'école. Ou que maman était toujours super gentille avec moi.

Et je n'avais même pas compris que Bob, au moins, m'aimait. C'est logique. Sinon, pourquoi passerait-il son temps sur mon oreiller, sur mes genoux ou dans mes jambes ?

À propos de chat, le lendemain de ma fugue Kimi m'a demandé si elle pourrait venir à la maison pour les voir.

Le surlendemain Robin-le-curieux et Thomas monsieur je-sais-tout ont dit qu'ils voulaient les rencontrer eux aussi et jouer avec eux.

Ils sont tous venus chez moi samedi dernier. Au début, Thomas était déçu qu'aucun des chats ne soit chauve. Mais il s'en est remis. On s'est bien amusés.

On a attrapé Max qui essayait de s'enfuir. On a joué à cache-cache avec Jules (il s'était dissimulé sous l'évier).

On a partagé notre pop-corn avec Bob et il a renversé le bol. Du coup, Sam a pourchassé les pop-corn tombés par terre, mais il n'en a pas mangé car il n'aime que les chaussettes.

Dimanche, Melissa a téléphoné en rentrant de son mariage dans le brouillard. En fait, la mariée était en rouge. Elle était aussi facile à repérer qu'un nez de clown au milieu de la figure.

– Devine? je lui ai dit. Je crois que j'ai des amis maintenant.

Ce matin, le soleil brille et éclaire la salle du *Rayon de lune*. S'il fait encore beau tout à l'heure, William nous emmènera dans un parc au sommet d'une colline.

Là-bas, il y a un toboggan vraiment gigantesque. Kimi dit que la vue d'en haut est géniale : des gratte-ciel, de vieilles maisons très jolies et le pont qui ondule au-dessus de la baie.

J'ai réussi à résoudre mes problèmes, mais je ne sais pas encore si je peux vaincre ma peur de descendre des toboggans gigantesques. En tout cas je gravirai l'échelle pour admirer la vue.

Ensuite, je rentrerai chez moi où je retrouverai ma chambre minuscule et nos quatre chats. Ce ne sont plus seulement ceux de William maintenant. Ce sont aussi mes chats, et ceux de maman. Je crois que nous avons tous appris à partager.

TABLE DES MATIÈRES

Ma nouvelle chambre 9

Petit-déjeuner mouvementé 15

William et ses chats 19

Robin-le-curieux et Thomas-je-sais-tout.. 23

Le toboggan 27

Des cookies pour le goûter 31

Cache-cache avec les chats 39

Où est Jules ? 43

Des problèmes de chaussettes................. 49

Des explications pleines de chats 57

Le voleur de cookies 63

Melissa est toujours là 71

Sam n'aime pas les chiens 77

La bave du chat chauve 81
Punie !... 89
Un cadeau sur l'oreiller 95
Au *Rayon de lune* 101
Beignets pour tous 109
Mes chats préférés 115

☁ L'AUTEUR

Martha Freeman est née en 1956 en Californie. Elle a exercé de nombreux métiers avant d'écrire. Incapable d'inventer des histoires de dragons ou de trolls, elle aime raconter la vie ordinaire d'enfants ordinaires, car cela constitue pour elle une vraie aventure !

L'idée de *La chambre des chats* lui est venue une nuit, alors que les quatre siamois que des amis lui avaient laissés en pension dansaient la sarabande dans son salon.

Martha Freeman vit en Pennsylvanie avec son mari, leurs trois enfants et un chat nommé Max qui lui a inspiré le personnage de Jules…

🗨 L'ILLUSTRATRICE

Marie-Noëlle Pichard grandit auprès d'un père dessinateur de B.D. et décide de devenir… archéologue pour découvrir le trésor de Toutankhamon. Malheureusement, c'était déjà fait !

Puis elle s'aperçoit que le dessin permet de vivre des aventures aussi passionnantes que l'archéologie. Elle se lance alors dans le périlleux métier d'illustratrice. Depuis, elle navigue entre passé et présent au gré des images qu'elle crée pour la presse jeunesse, l'édition scolaire et même médicale.

À ses côtés, Lulu, sa chatte égyptienne, s'attaque aux poils des pinceaux récalcitrants tout en gardant un œil sur la souris… de l'ordinateur.

DANS LA MÊME COLLECTION
à partir de huit ans

L'amour c'est tout bête, G. Fresse.
Une certaine Clara Parker, S. Valente.
La chambre des chats, M. Freeman.
Chien riche, chien pauvre, K. Cave.
Le club des animaux, M. Cantin.
Comment devenir parfait en trois jours, S. Manes.
Comment je suis devenue grande, B. Hammer.
Les disparus de Fort Boyard, A. Surget.
L'été des jambes cassées, C. Le Floch.
Expert en mensonges, K. Tayleur.
Le fils des loups, A. Surget.
Fils de sorcières, P. Bottero.
La grande évasion des cochons, L. Moller.
Le jour où j'ai raté le bus, J.-L. Luciani.
La lettre mystérieuse, L. Major.
La maison à cinq étages, G. McCaughrean.
La petite fille qui vivait dans une grotte, A. Eaton.

Ma première soirée pyjama, N. Charles.
Princesse en danger, P. Bottero.
Au royaume des dinosaures, R. Judenne.
Une sorcière à la maison, V. Petit.
Le vrai prince Thibault, É. Brisou-Pellen.
La vraie princesse Aurore, É. Brisou-Pellen.

Retrouvez la collection
Rageot Romans
sur le site www.rageot.fr

Achevé d'imprimer en France en avril 2007
sur les presses de l'imprimerie Hérissey
Dépôt légal : mai 2007
N° d'édition : 4497
N° d'impression : 104599